CUENTO
DE LUZ

A mi madre, que con sus deliciosos pucheros más de una vez evitó los míos.

Cocorina y el puchero mágico

© 2012 del texto: Mar Pavón
© 2012 de las ilustraciones: Mónica Carretero
© 2012 Cuento de Luz SL
Calle Claveles 10 | Urb Monteclaro | Pozuelo de Alarcón | 28223 Madrid | España
www.cuentodeluz.com
ISBN: 978-84-15619-34-5
Impreso en PRC por Shanghai Chenxi Printing Co., Ltd., en agosto 2012, tirada número 1305-04

FSC
www.fsc.org
MIXTO
Papel procedente de
fuentes responsables
FSC® C007923

CocoRiNa
y El puchERo Mágico

MaR Pavón

ilustRacioNES MÓNica caRRETERO

Cocorina, la gallina
famosa a nivel mundial,
lleva a diario a sus hijos
a la escuela del corral.

Allí se lo pasan bomba,
sobre todo en los recreos,
pues juegan al escondite
sin olvidos ni mareos.

Todo sería perfecto,
todo iría como una seda
si no fuera por don Ganso,
que más que enseñar, enreda:
—Cualquier día vuestra mamá
se olvidará de vosotros
y creerá que sus hijos
sencillamente... ¡son otros!

Nada más salir del cole,
preocupados, los hermanos
preguntan a Cocorina:
—¿Puedes llegar a olvidarnos?
—¿A olvidaros? ¡Eso, nunca!
¡Con lo mucho que yo os quiero!
—Pero don Ganso nos dijo...
—¡Lo que os dijera al puchero!

Cocorina, la gallina
más famosa del planeta
lleva a diario a sus hijos
a la escuela en tricicleta.

Allí aprenden muchas cosas
como pintar y leer,
¡y cantar lindas canciones
sin que se ponga a llover!

Todo sería perfecto,
todo iría fenomenal
si no fuera por la cría
de doña Pava real:
—No os juntéis con el patito
—les advierte a los polluelos—,
que cantando tuerce el pico
¡y eso se contagia al vuelo!

A la salida del cole,
obligada es la pregunta:
—¿Se torcerán nuestros picos
si el patito se nos junta?
Entre risas, Cocorina
contesta: —¡No, mis luceros!
—Pero el pavito nos dijo...
—¡Lo que os dijera al puchero!

Cocorina, la gallina
de fama interplanetaria,
lleva a diario a sus hijos
a la escuela de primaria.
Allí hacen mucho ejercicio
y las chicas, además,
practican puesta de huevos
para cuando sean mamás.

Todo sería perfecto,
todo iría de maravilla
si de ellos no se burlaran
el pichón y su pandilla:
        —Menudo hatajo de tontos
            estáis hechos los tres;
                ¡claro que teniendo en cuenta
                que nacisteis del revés...!

Por la tarde, Cocorina
interrogada es de nuevo:
–¿Es verdad que somos tontos
por poner tú mal los huevos?
–¡Tontos sois, mas por dejar
que os tomen así el plumero!
–Pero es que el pichón nos dijo...
–¡Lo que os dijera al puchero!

AVE-CEDARIO

A las tantas de una noche
de mediados de febrero
la gallina Cocorina
cocina al fin el puchero:

rabia, envidia y mala uva
echa dentro del caldero,
y también polvitos mágicos
que conserva en un salero.

¡Chup, chup, chup!, cuece que cuece,
¡Chup, chup, chup!, bulle que bulle,
¡Chup, chup, chup!, la magia crece,
¡Chup, chup, chup!, y el mal engulle.

En efecto, el guiso mengua
hasta caber en un frasco
que Cocorina etiqueta
con el rótulo «¡QUÉ ASCO!».

Reciclarlo cuanto antes
es su magnífico plan;
rabia, envidia y mala uva
se reutilizarán,
mas la envidia será sana,
la rabia, simple rabieta,
y la mala uva, pasa,
¡que es mejor para la dieta!

Cocorina, la gallina
más locuela del aviario,
lleva a diario a sus hijos
a la escuela AVE-CEDARIO.

AVE-CEDARIO

Allí lo pasan en grande
y han hecho amigos buenísimos,
amigos que, con el tiempo,
se convertirán en íntimos.

Todo sería perfecto,
ya todo iría genial
¡SI COCORINA LLEGARA
A LA ESCUELA PUNTUAL!

Mar Pavón (Barcelona 1968)

En su vida las alas han tenido mucha importancia: los cuentos en su más tierna infancia dotaron de alas a su imaginación; el lápiz y el folio en blanco fueron las alas perfectas para empezar a materializar sus fantasías; muchos años más tarde, el nacimiento de sus hijos le proporcionó las mejores alas para volar hacia el universo infantil, donde un día de primavera de 2010 encontró a Cocorina, con sus defectos, sus virtudes y, por supuesto, sus alas, recubiertas del plumón más amoroso. También es autora de, entre otros títulos, "¿Puede pasarle a cualquiera?" y "Zaira y los delfines", cuentos que, como le sucedió a ella siendo muy niña, dan alas a la imaginación de los más pequeños. Y ese, sin duda, es el primer paso hacia la FELICIDAD.

Mónica Carretero (Madrid 1971)

Su cabeza es como el camarote de los Hermanos
Marx. Por eso no deja de dibujar personajes
e inventarles historias, así, pasan de vivir en su
cabeza, a vivir en una nueva casa con forma de libro.
En esta «mudanza» a los personajes no les falta color,
mucho humor, ternura y besos y abrazos a raudales
(que no se ven a simple vista pero que el lector
los siente nada más ver sus dibujos).
¡Ah! y no sabemos por qué, nunca puede faltar
alguna prenda de rayas.
Ha ilustrado decenas de libros y su trabajo ha sido
reconocido con diversos premios
en Londres y Estados Unidos.